Theo Schwartz
lebt als Autor, Redakteur und Übersetzer mit seiner Familie in der Nähe von München. Nach seinem Studium arbeitete er bei verschiedenen Kinder- und Jugendbuchverlagen und betreut bei SchneiderBuch mehrere Buchserien, darunter „Bibi Blocksberg“ und „Bibi und Tina“.

Theo Schwartz

Bibi & Tina®

Die Lipizzaner

nach Ulf Tiehm

Schneider Buch
EGMONT

Redaktion: Jutta Dahn
Lizenz durch KIDDINX Merchandising GmbH
Winterhuder Weg 29, 22085 Hamburg
www.bibiundtina.de

verlegt durch EGMONT Verlagsgesellschaften mbH
Gertrudenstraße 30–36, 50667 Köln

Titelbild: KIDDINX Studios GmbH, Berlin
Illustrationen: Corporacion Tavena 2000 S.L., Barcelona
Druck und Bindung: CPI – Ebner und Spiegel, Ulm
ISBN 978-3-505-12708-3

09 10 / 10 9 8 7 6 5 4 3 2 1

Inhalt

Bibi Blocksberg, die kleine Hexe aus Neustadt, und ihr Lieblingspferd Sabrina

Barbara Blocksberg, Bibis Mutter

Tina Martin,
Bibis Freundin, und ihr Pferd Amadeus

Susanne Martin, Holgers und Tinas Mutter, und Pächterin des Martinhofes

Karla Kolumna,
die rasende Reporterin aus Neustadt

Wie alles anfing ...

Eine knappe Reitstunde von dem Dörfchen Falkenstein entfernt liegt der Martinshof. Frau Martin, die hier mit ihren Kindern Holger und Tina lebt, hat den Hof von dem Grafen Falko von Falkenstein gepachtet. Das Schloss des Grafen liegt zwischen hohen Tannen versteckt, vom Martinshof aus sind seine Türme zu sehen.

Der Martinshof ist ein Reiterhof. Hier gibt der achtzehnjährige Holger Stadtkindern Reitunterricht und kümmert sich um alle anfallenden Arbeiten. Er ist der „Mann fürs Grobe“, während seine Schwester Tina ihrer Mutter im Haushalt hilft. Tina ist vierzehn Jahre alt und hat eine sehr, sehr gute Freundin: Bibi Blocksberg, die kleine Hexe aus Neustadt.

Das Dorf Falkenstein ist von Neustadt aus mit dem Bummelzug zu erreichen, aber Bibi kommt lieber auf ihrem Hexenbesen Kartoffelbrei angereist. Eine Hexe hat schließlich auch ihren Stolz!

Jeden freien Tag, jede freie Woche verbringt Bibi auf dem Martinshof und in den Ferien darf sie mit Erlaubnis ihrer Eltern auch schon mal länger bleiben. Barbara Blocksberg, die große Hexe, ist häufig auf Hexenkongressen zu Gast und Bernhard Blocksberg ist dann „Strohwitwer“ und macht es sich mit einem spannenden Krimi in seinem Lieblingssessel gemütlich. Bibis Eltern wissen, dass ihr Töchterchen auf dem Martinshof gut aufgehoben ist. Für Bibi ist der Hof eine zweite Heimat geworden und jedes Mal vergießt sie beim Abschied bittere Tränen.

„Aber“, so tröstet sie Frau Martin immer, „wer nicht geht, kommt nicht wieder. Bis zum nächsten Mal, Bibi!“

Leider vergeht für Bibi die Zeit daheim viel zu langsam, aber auch eine kleine Hexe muss zur Schule gehen und das Jahr besteht nun mal nicht nur aus Ferien. Doch irgendwann ist es endlich wieder einmal so weit. Hei! Die Schultasche fliegt in die Ecke, Bibi packt eilig zusammen, was sie für den Aufenthalt auf dem Martinshof braucht, verkleinert ihr Gepäck mit einem kurzen Hexspruch und steigt dann auf Kartoffelbrei.

„Eene meene Faschingsschwof, düse ab zum Martinshof! Hex-hex!“, befiehlt sie ihrem Besen und ab geht die Post!

Ist das eine Freude, wenn die beiden Mädchen sich wiedersehen! Ihr erster Weg führt Bibi in den Pferdestall zur Box von ihrer Lieblingsstute Sabrina. Im Nu hat sie Sabrina gesattelt, Tina macht den Hengst Amadeus ausrittbereit und dann ist ein Wettrennen angesagt. Ein Wettrennen? Nein, bei einem belassen es die Mädchen nicht, mindestens dreimal am Tag galoppieren sie über Wiesen und Wege und schmettern dabei ihr

Lied. Sie haben es selbst komponiert und getextet und sind darauf mit Recht sehr stolz:

Hufe klappern, Pferde traben,
springen übern Wassergraben,
über Stock und über Stein,
wer kann das wohl sein?
Das sind Bibi und Tina
auf Amadeus und Sabrina!
Sie jagen im Wind,
sie reiten geschwind,
weil sie Freunde sind!
Weil sie Freunde sind!
Und ist der Graben mal zu breit,
für Bibi ist das keine Schwierigkeit!
Aufgesessen, lang die Zügel,
sattelfest den Fuß im Bügel,
über Felder, über Weiden,
jeder kennt die beiden!

Die fremden Pferde

„Los, Amadeus! Streng dich an!"

„Du auch, Sabrina! Spring!"

Durch die Körper der beiden Pferde vom Martinshof ging ein leichter Ruck, als sie sich streckten, um zum Sprung anzusetzen. Bibi und Tina stiegen leicht aus dem Sattel und beugten sich nach vorn. Sie ließen die Zügel locker und fast gleichzeitig sprangen Bibis Stute und Tinas Hengst über den flachen Graben, der zwischen zwei Wiesen hindurchlief.

„Ey, Tina! Das macht ja irren Spaß!" Ein begeistertes Lächeln lag auf Bibis erhitztem Gesicht. „Wie heißt das noch mal, was wir da gerade gemacht haben?"

„Synchronspringen“, antwortete Tina. „Das habe ich von Alex gelernt.“

„Jaja, der Sohn des Herrn Grafen ist ein guter Lehrer für das Fräulein vom Martinshof!“, neckte Bibi ihre Freundin. „Komm, wir probieren es gleich noch mal. Über den Graben hier geht das einfach super. Wenn ich mich nicht verzählt habe, dann kommt jetzt Sprung Nummer siebzehn!“

Die Mädchen gaben ihren Pferden Schenkeldruck und Amadeus und Sabrina trabten an. Dann wurden sie schneller und fielen in einen leichten Galopp. Doch diesmal scheute Amadeus und kam erst mit den Vorderhufen auf der anderen Seite des Grabens auf, als Bibis Stute Sabrina bereits mit den Hinterhufen die Erde berührte.

„Mist!“, schimpfte Tina und spornte dann ihren Hengst an. „Reiß dich doch ein bisschen zusammen, Amadeus! Das ist überhaupt nicht schwer! Du wirst dich doch nicht vor Sabrina blamieren wollen?“

Als ob Amadeus seine Reiterin genau verstanden hätte, trabte er an und setzte gleichzeitig mit Sabrina über den Graben. Tina lobte ihn und Bibi lobte ihre Sabrina. Das war wirklich eine zirkusreife Leistung gewesen. Doch genug für heute. Die Mädchen ließen ihre Pferde zurück in den Schritt fallen, und erst als die zwei wieder ruhig durchschnaubten, konnten Bibi und Tina zu ihrem Wettreiten starten, mit dem sie immer ihren täglichen Ausritt beendeten.

Am besten war dafür der langgezogene Hohlweg geeignet, der die Grenze zwischen dem Grundstück des Martinshofs und dem Forst des Grafen von Falkenstein bildete und der so breit war, dass zwei Pferde gut nebeneinander Platz hatten. Hier war es angenehm kühl und schattig und die Sonnenstrahlen, die durch die hohen Bäume fielen, setzten lustige Lichtpunkte auf die Reiterinnen und ihre Pferde.

Als Bibi und Tina in die sanfte Biegung am Ende des Weges ritten, fiel Sabrina mit ihrer Reiterin Bibi um eine Pferdelänge zurück.

„He, was soll denn das?“, rief Tina über die Schulter. „Versuchst du einen faulen Trick? Du willst wohl, dass ich Amadeus zurückhalte, damit du plötzlich an mir vorbeizischen kannst?“

„Ach, Quatsch!“, gab Bibi zur Antwort. Sie hatte Sabrina nicht absichtlich zurückgehalten. Nein, ihre Stute war plötzlich nervös geworden, legte die Ohren nach hinten und schnaubte. Sie schien etwas zu wittern, das ihre Aufmerksamkeit erregte. Bibi kniff die Augen zusammen, weil die Sonne sie blendete. Plötzlich entdeckte sie nicht weit entfernt seitlich des Weges ein vierrädriges Gefährt.

„Tina!“ Bibi streckte die Hand aus und deutete nach vorn. „Ist das da vor uns nicht ein Pferdetransporter?“

„Na klar ist das einer. Und? Der Fahrer wird eben eine Pause machen. Was geht es uns an? Komm, lass uns weiterreiten!“ Tina wollte nach Hause. Der Transporter interessierte sie nicht. Aber Bibi war misstrauisch.

„Was denn? Der macht eine Pause hier mitten auf dem Waldweg, wo nur Forstbetrieb zugelassen ist? Wo sind wir überhaupt?“ Bibi zügelte Sabrina und brachte sie zum Stehen.

„Irgendwo zwischen Falkenstein und Rotenbrunn. Da drüben hinter den Kornfeldern ist die Hauptstraße. Mann, Bibi, du kennst die Strecke doch“, fügte Tina ungeduldig hinzu.

„Warum fährt der denn so weit in den Wald hinein?“, überlegte Bibi laut. „Der macht mit seinem schweren Laster doch den ganzen Weg kaputt!“

Jetzt wurde auch Tina neugierig.

„Komm, wir gehen mal gucken“, schlug sie vor. „Aber leise, vielleicht macht der Fahrer ja ein Nickerchen.“

Langsam ritten die beiden Mädchen auf den Transporter zu. Als sie nahe genug heran waren, stellten sie fest, dass der Wagen ziemlich schief stand und mit einem Vorderrad in den Wassergraben neben dem Waldweg gesackt war. Sie stiegen ab, nahmen ihre Pferde am Zaumzeug und traten näher heran.

„Das Auto steht aber komisch“, murmelte Bibi. „Vielleicht war der Fahrer so müde, dass er eingeschlafen ist und gar nicht bemerkt hat, wie sein Laster abgesackt ist. ... Moment mal!“ Sie warf einen Blick durch die Scheibe der Fahrertür. „Da ist ja gar keiner drin!“

„Vielleicht musste er mal dringend wohin!“ Tina kicherte.

„Dann warten wir hier!“ Bibi blieb stehen. „Der wird ja sicher bald fertig sein. Auf jeden Fall braucht er Hilfe, der kommt doch allein nicht wieder aus dem Graben heraus. Womöglich muss ich sogar hexen!“

Bibi lächelte verschmitzt. Sie hatte heute noch nicht gehext. Es wurde also höchste Zeit, dass sie endlich ihre Künste anwandte. Hexen war immer gut, Hexen machte Spaß!

Die Mädchen warteten noch ein Weilchen. Als aber kein Fahrer zurückkam, banden sie ihre Pferde an einen Baum und gingen um den Transporter herum. Vielleicht fanden sie ja einen Hinweis auf den Besitzer. Auf einer Seitenwand stand „Reitakademie St. Stephan". Die beiden blickten sich an. Das klang ja sehr vornehm. Wo mochte dieses St. Stephan wohl liegen? Dann stellte Bibi fest, dass der Wagen ein österreichisches Nummernschild hatte.

„Aha, jetzt sind wir schon ein Stück weiter", meinte Tina. „Der sollte bestimmt hier irgendwo in der Gegend ein Pferd abholen."

In diesem Moment ertönte aus dem Inneren des Transporters ein langgezogenes Wiehern und kräftige Hufe schlugen laut gegen die Wände.

„Denkste!" Bibi tippte sich leicht an die Stirn. „Der holt kein Pferd ab, da ist schon eins drin!"

„Das arme Tier!", rief Tina empört. „Das kann man doch nicht allein zurücklassen! So eine Gemeinheit! Komm, Bibi, den Kollegen holen wir da raus!"

Sie griff nach der hinteren Tür des Transporters und rüttelte kräftig daran.

„Mist! Abgeschlossen!", schimpfte sie. „Das arme Pferd! In dem stickigen Wagen!"

„Na, dem werden wir was erzählen, wenn er zurückkommt!" Bibi war wütend. „Aber jetzt wird erst einmal gehext. Und wie! *Eene meene Fliegenbein, Transportertür soll offen sein! Hex-hex!* "

Funken sprühten, Sternchen blitzten und die Tür des Transporters sprang auf.

„Mensch!", entfuhr es Tina. „Das ist ja nicht nur ein Pferd, das sind ja zwei!"

Die beiden Pferde wirkten ängstlich und verstört. Sie tänzelten nervös und schnaubten heftig. Bibi und Tina gelang es, sie zu beruhigen, und kurz darauf ließen sie sich ins Freie führen, wo sie mit großen Augen neugierig um sich blickten.

„Na, ihr Braven! So gefällt es euch, nicht wahr?" Tina strich den Pferden über das Fell und klopfte ihnen auf die festen Muskeln. „Hast du schon mal so schöne Pferde gesehen, Bibi? Reinrassige Vollblüter, hervorragend gepflegt."

REITAKADEMIE
ST. STEPHAN

Bibi nickte voller Bewunderung. „Wir sollten das aber Amadeus und Sabrina nicht hören lassen“, fügte sie leise hinzu, „die werden sonst noch eifersüchtig. Aber du hast recht, das sind wirklich tierisch schöne Pferde. ‚Akademie St. Stephan‘. Wo könnte das sein? In einem Schloss vielleicht? Was ist das überhaupt für eine Rasse?“

„Eine ganz besondere Rasse“, antwortete Tina, „das sind … das sind … wie heißen die doch gleich … äh ...“

Bibi verdrehte in gespielter Verzweiflung die Augen. Sie wollte nicht warten, bis Tina zu Ende gestottert hatte. Mit einem Hexspruch bekam sie schneller heraus, was sie wissen wollte.

„Eene meene Steine schmeißen, sag jetzt, wie die Pferde heißen. Hex-hex!“

„Lipizzaner!“, rief Tina triumphierend. „Ist doch ganz klar! Lipizzaner mit einem ‚p‘ und zwei ‚z‘! Wie Pizza!“ Sie räusperte sich und fügte schulmeisterlich hinzu: „Lipizzaner sind mittelgroße, kompakte Pferde mit einem durchschnittlichen Stockmaß von 155 bis 158 Zentimetern. Im Jahr 1580 gründete der österreichische Erzherzog in Lipica im heutigen Slowenien ein Gestüt. Dort sollten ganz besondere Pferde gezüchtet werden. Die heutige Lipizzanerzucht in Österreich geht auf sechs Vatertiere aus dem achtzehnten und neunzehnten Jahrhundert zurück. Man war bestrebt, nur Schimmel zu züchten, aber es kamen auch Fehlfarben hinzu."

„Danke! Vielen Dank!" Bibi lachte. „So genau wollte ich es nun auch wieder nicht wissen, Fräulein Lehrerin! Aber sicher hast du recht. Das Auto hier kommt aus Österreich und dort gibt es ja die meisten Lipizzaner."

Tina nickte nachdenklich.

„Ich nehme an, dass der Fahrer Hilfe holen will, weil sein Wagen so schief steht. Vielleicht ist ja auch was an dem Motor kaputt gegangen und der Transporter muss abgeschleppt werden."

„So lange können wir nicht warten!", entschied Bibi. „Weißt du was? Wir nehmen die beiden Hübschen mit auf den Martinshof und versorgen sie."

„Das geht nicht." Tina schüttelte den Kopf. „Dann weiß der Besitzer doch gar nicht, wo sie sind."

„Warum soll das nicht gehen? Wer weiß, wann der Mann wiederkommt? Der ist ja nicht aus unserer Gegend, der kennt sich nicht aus. Wir wollen die Pferde doch nicht stehlen. Er kriegt eine Nachricht von uns, wo er sie abholen kann. *Eene meene eingeschneit, Ihre Pferde sind nicht weit! Eene meene Bleistiftspitze, hier ist eine kleine Skizze! Hexhex!* Los jetzt!" Sie gab jedem Pferd einen Klaps. „Auf geht's zum Martinshof!"

Bibi klemmte unter den Scheibenwischer des Transporters das Blatt Papier, auf dem der Waldweg, die Stelle, an der sie sich befanden, die Hauptstraße und der Martinshof verzeichnet waren. Dann banden sie zwei Führstricke, die sie bei ihren Ausritten immer bei sich hatten, an das Zaumzeug der beiden Lipizzaner, saßen wieder auf und machten sich auf den Heimritt. Die fremden Pferde folgten ihnen vertrauensvoll. Sie schienen froh zu sein, dass sie aus ihrem engen Gefängnis befreit worden waren, und tänzelten fröhlich wiehernd und mit flatternden Mähnen hinter Bibi und Tina her.

Zwei Karten für die Pferdeshow

Bevor sie in den Innenhof einritten, zügelte Tina ihren Amadeus, machte eine weit ausholende Handbewegung und deutete auf den Reiterhof ihrer Mutter.

„Herzlich willkommen auf dem Martinshof!“, sagte sie lachend und drehte sich dabei zu den Lipizzanern um. „Das ist zwar keine Reitakademie, aber auch sehr schön. Ich denke, es wird euch bei uns gefallen. Benehmt euch anständig, dann habt ihr bei meiner Mutter gleich einen dicken Stein im Brett.“

Tinas Mutter kam aus dem Wohnhaus, als Bibi und Tina mit ihren vier Pferden gerade zum Stall hinüberreiten wollten, um die Lipizzaner zu füttern und zu tränken. Sie hatte das Getrappel der Hufe gehört und wollte ihre Tochter und deren Freundin gerade dafür loben, dass sie heute Morgen den Stall so toll sauber gemacht hatten. Doch sie kam nicht mehr dazu. Mit offenem Mund starrte sie die fremden Pferde an. Sie musste ein paarmal schlucken, bis sie ihre Sprache wiederfand.

„Wo … wo um alles in der Welt kommen denn die Schimmel her?“

„Die sind aus Österreich, Frau Martin“, sagte Bibi, als sei es die selbstverständlichste Sache von der Welt.

„Wie bitte? Was soll das heißen?“ Tinas Mutter runzelte die Stirn und musterte neugierig die Schimmel. „Wo sind denn die dazugehörigen Reiter? Tina! Antworte gefälligst. Ich rede mit dir!“

Doch Tina ritt mit Bibi bereits hinüber zum Stall. Die zwei Schimmel folgten ihnen bereitwillig.

„Ich erkläre dir alles später, Mutti!“, rief Tina über die Schulter zurück. „Jetzt kriegen die

beiden erst einmal was zu saufen. Sie haben Durst."

„Bibi!" Frau Martin gab sich nicht zufrieden. „Hast du bei dieser Sache etwa deine Hexenfinger im Spiel?"

„Nur ein bisschen!", rief Bibi quer über den Hof. „Sonst hätte ich den Pferdetransporter nicht aufgekriegt."

„Sag das noch mal!" Frau Martin folgte den Mädchen. „Du hast einen Pferdetransporter aufgemacht und hast die Tiere herausgelassen? Ja, bist du denn ...?" Frau Martin rang nach Worten.

„Halb so wild!" Tina versuchte ihre Mutter zu beruhigen. „Der Transporter hat eine Panne und hängt ganz schief im Straßengraben. Der Fahrer war auch nicht da, und da haben wir die beiden eben unter unsere Fittiche genommen. Nicht wahr, Kleiner?" Tina sprang von ihrem Amadeus und streichelte einem der Lipizzaner zärtlich sein weiches Maul.

„Bibi! Tina!" Frau Martins Stimme war plötzlich sehr streng. „Manchmal zweifle ich wirklich an eurem Verstand. Was ihr da mit den Schimmeln gemacht habt, das sieht ja aus wie … wie Pferdediebstahl!“

„Ach, komm, Mutti!“ Tina legte ihrer Mutter den Arm um die Schulter und gab ihr einen Kuss auf die Wange. „Nun übertreibst du aber. Wir haben nur gemacht, was für die Pferde am besten ist. Du hättest sie auch nicht allein im Wald gelassen.“

„Genau!“, pflichtete Bibi ihrer Freundin bei. „Außerdem habe ich unter den Scheibenwischer einen Zettel mit einem Lageplan geklemmt. Wenn der Fahrer den liest, weiß er sofort, wo er seine Pferde finden kann. Schauen Sie sich doch die beiden mal genau an, Frau Martin … Das sind echte Lipizzaner!“

„Dann ist es umso schlimmer! Lipizzaner sind wertvoll, die kosten eine Menge Geld. Bei den beiden handelt es sich bestimmt um Zuchthengste oder teure Zirkustiere. Wenn denen bei uns etwas zustößt, dann dürfen wir bezahlen!“

„Aber denen stößt doch bei uns nichts zu!", versuchte Tina ihre Mutter zu beruhigen. „Bei uns ist noch nie einem Pferd was passiert!"

Doch für Frau Martin war die Diskussion beendet. Sie machte kehrt und ging eilig ins Haus zurück. Sie wollte gleich bei der nächsten Autowerkstatt und Tankstelle in Falkenstein anrufen. Der Mann, dem der Pferdetransporter und die Pferde gehörten, der musste gefunden werden.

Und zwar schnell!

Max und Moritz, die vorwitzigen und neugierigen Ponys, hatten die fremden Pferde gewittert und kamen angelaufen. Nach Pferdeart beschnupperten sie nun die Lipizzaner, stupsten sie und schnaubten eifersüchtig. Bibi und Tina bekamen es ein wenig mit der Angst zu tun. Hoffenlich keilten Max und Moritz nicht aus und verletzten die wertvollen Pferde. Das hätte gerade noch gefehlt! Sie drängten die Ponys beiseite, brachten die Lipizzaner in die Gästebox und fütterten sie.

Nachdem die Tiere versorgt waren, fanden

Bibi und Tina, dass sie selbst auch eine Stärkung verdient hatten. Eine Tasse Kakao wäre jetzt gerade recht, meinten sie. Schnell fegten sie den Gang zwischen den Boxen, säuberten ihre Stiefel und sausten dann hinüber zum Wohnhaus. Frau Martin war irgendwo im Haus beschäftigt, so hatten sie die Küche für sich allein. Als sie am Küchentisch saßen, jede eine große Tasse Kakao vor sich, drehte sich ihr Gespräch natürlich um die neuen vierbeinigen Gäste auf dem Hof: die beiden Lipizzaner.

„Du, wenn das echte, dressierte Lipizzaner sind, dann müssten die doch bestimmt auch Hohe Schule können und irgendwelche Kunststücke“, überlegte Tina laut.

„Au ja! Genau!“ Bibi war begeistert. „Wir probieren mal aus, ob sie auf Befehle reagieren. Wenn wir den Kakao ausgetrunken haben, dann können wir doch gleich ...“

Doch Bibi wurde unterbrochen. Das Telefon hatte geklingelt und Frau Martin rief aus dem Wohnzimmer nach ihr. Die rasende Reporterin Karla Kolumna von der Neustädter Zeitung wollte Bibi sprechen. Frau Martin ermahnte sie noch sich kurz zu fassen, denn sie selbst hätte noch eine Menge Anrufe zu erledigen.

„Hallo, Frau Kolumna!“, meldete sich Bibi fröhlich.

„Hallöchen! Hallöchen, meine Süße!“, tönte eine gut gelaunte Stimme aus dem Hörer. „Ich habe etwas für dich und deine Pferdefreundin Tina. Ich bin nämlich gerade dienstlich in Rotenbrunn, um eine sensationelle Reportage zu machen. Ein Freund von mir, ein gewisser Gustav Glotz vom Fernsehen, produziert morgen Abend hier im Stadion eine große Pferdeshow. Da wird alles geboten, was sich sehen lassen kann: Hohe Schule, Kunstreiten, Dressuren ... eine Menge toller Sachen. Vor allem aber edle Pferde: Araber, Lipizzaner und wie sie alle heißen.“

„Das ist ja Klasse! Echt Wahnsinn!“ Bibi war begeistert. „Tina!“, rief sie in Richtung Küche, „Frau Kolumna erzählt gerade, dass morgen in Rotenbrunn eine Pferdeshow stattfindet.“

„Ich weiß!“, rief Tina zurück. „Ist total ausverkauft!“

„Habe ich da gerade das Wörtchen ‚ausverkauft‘ gehört?“, fragte die Reporterin und lachte. „Aber Kinder! Doch nicht, wenn Karla Kolumna mitmischt. Ich habe für euch zwei Freikarten.“

„Jau! Super!“, jubelte Bibi. „Tina! Sie hat zwei Freikarten für uns!“

„Och! Nur zwei?“ Tina machte ein enttäuschtes Gesicht. „Frag doch mal, ob sie nicht für Alex ...“

Auch das hatte Karla am anderen Ende der Leitung gehört. Nein, eine dritte Freikarte konnte sie leider nicht besorgen. Bibi bedankte sich herzlich und sagte, dass sie und Tina natürlich gern kommen würden. Dann ergriff noch einmal Karla das Wort.

„Ehe ich mich aufhänge, Schätzchen … Aha-haha! … noch schnell die Reporterfrage Nummer eins: Was gibt’s Neues?“

„Och, eigentlich nichts Neues“, antwortete Bibi betont lässig. „Außer, dass wir hier auf dem Martinshof zwei Lipizzaner haben.“

„Waaas?“ Karla Kolumna stieß einen Schrei aus. „Das sagst du mir erst jetzt? Bibi! Wir vermissen zwei von diesen entzückenden Tierchen. Das sind sozusagen unsere Stars. Jetzt erzähl mal von Anfang an ...“

Bibi holte tief Luft und berichtete dann haarklein, was sie und Tina heute bei ihrem Ausritt erlebt hatten. Vor allem wies sie darauf hin, dass die Lipizzaner auf dem Martinshof bestens versorgt waren. Die Reporterin war so baff, dass sie kein einziges Mal unterbrach, bis Bibi zu Ende erzählt hatte. Karla versprach sogleich, die Information, wo die beiden wertvollen Pferde zu finden wären, weiterzugeben. Sie wollte sich persönlich darum kümmern, dass jemand käme, um sie abzuholen. Ohne die zwei Lipizzaner war die Pferdeshow nur eine halbe Sache.

Bibi und Tina waren stolz, dass sie so edle Gäste bei sich auf dem Martinshof beherbergten. Bevor aber jemand aus Rotenbrunn kam, wollten sie die Lipizzaner schnell noch ein bisschen auf der Martinshofkoppel herumtoben lassen. Das würde ihnen bestimmt gut tun, wo sie doch morgen richtig arbeiten und ihre Dressur zeigen mussten.

Bereitwillig ließen sich die Pferde aus dem Stall führen, und als die Mädchen die Führstricke von ihrem Zaumzeug abgenommen hatten, preschten beide wie auf Kommando gleichzeitig los. Sie sprangen herum, buckelten und galoppierten hin und her. Bibi und Tina machte es Freude, ihnen zuzusehen. Plötzlich warf sich einer der Schimmel auf den Rücken und wälzte sich mit Hochgenuss in einem Haufen Pferdeäpfel. Tina war davon wenig begeistert.

„Lass sie doch!", sagte Bibi gutmütig. „Pferd ist Pferd. In Österreich liegen auf der Koppel auch Pferdeäpfel herum."

„Aber der Fahrer kriegt bestimmt Ärger, wenn er die Lippis so dreckig bei den Fernsehleuten abliefert!"

„Na und? Zur Not kann ich sie wieder schneeweiß hexen“, bot Bibi großzügig an. „Lass ihnen doch ihr kleines Vergnügen.“

„Du hast recht“, sagte Tina und so kriegten die Schimmel so lange Auslauf, wie sie wollten. Plötzlich fiel Tina ein, dass ihre Mutter ja wegen des Fahrers der Pferde herumtelefonieren wollte. Vielleicht hatte sie ja schon etwas erreicht?

Es hatte Frau Martin nur ein einziges Telefongespräch gekostet, um den Fahrer des Transporters ausfindig zu machen. Er saß in der Autowerkstatt in Falkenstein und war völlig am Boden zerstört, weil er erfahren hatte, dass sein Transporter einen Achsenbruch hatte und die Reparatur ein paar Tage dauern würde.

„Unser Transporter ist leider zu klein“, schloss sie ihren Bericht. „Sonst hätte ich die Pferde natürlich schon längst nach Rotenbrunn gebracht. Schließlich warten die Fernsehleute dort auf sie.“

„Wie wäre es denn ...“, Bibi machte ein

spitzbübisches Gesicht und zwinkerte ihrer Freundin zu, „wenn Tina und ich die beiden hinüber nach Rotenbrunn reiten?“

„Das ist doch eine prima Idee, Mutti“, pflichtete Tina bei. „Bibi und ich haben noch nie auf einem Lipizzaner gesessen. Das muss ein tolles Gefühl sein, wenn man mit ihnen Synchronspringen übt und ...“

„Das könnte euch so passen!“, unterbrach ihre Mutter sie. „Die armen Tiere würden ja völlig erschöpft bei ihrem Besitzer ankommen. Das sind Dressurpferde und keine Reitpferde, mein Fräulein! Nein, nein. Die Lipizzaner sind nicht unsere Sache, um die kümmert man sich schon. Ein Leutnant Esterhazy weiß Bescheid und er wird einen Ersatztransporter besorgen.“

„Was für ein Hasi?“, entfuhr es Bibi.

„Es-ter-ha-zy!“ Frau Martin wiederholte den Namen laut und deutlich. „Er ist der Begleiter oder der Fahrer der Lipizzaner. Ich weiß es auch nicht so genau. Er wird übrigens bei uns übernachten, wir haben ja noch ein Gästezimmer frei. Ihr beide macht jetzt gleich die Kutsche startklar und holt ihn in Falkenstein ab. Der Mann war am Telefon völlig fertig und total im Stress."

Bibi und Tina marschierten in die Scheune, wo die kleine Ponykutsche stand. Dann spannten sie die Ponys Max und Moritz ein und fuhren mit Schwung aus dem Hof hinaus auf die Straße, die hinüber nach Falkenstein führte.

„Esterhazy!" Bibi verzog das Gesicht. „Blöder Name. Ich kann den Kerl jetzt schon nicht leiden, weil er die armen Lippis in dem stickigen Auto hat warten lassen."

„Ich bin ganz deiner Meinung!", stimmte Tina zu. „Der soll sich bloß nicht so haben mit seinem Stress. Wir sind auch manchmal im Stress. Der kann froh sein, dass wir uns um seine Pferde gekümmert haben!"

Ein komischer Kauz

In der Autowerkstatt war der Herr Leutnant Esterhazy nicht mehr. Er hatte plötzlich einen Riesendurst verspürt und war in ein Wirtshaus am Marktplatz gegangen. Dort wollte er warten, bis er abgeholt wurde. Also gaben Bibi und Tina den Ponys die Zügel und machten eine gemütliche Kutschfahrt durch die Stadt. Sie waren sicher, dass sie den Leutnant sofort erkennen würden. Sie stellten sich einen schmucken, jungen Mann vor, der vor ihnen salutieren und stramm stehen würde.

Aber sie wurden enttäuscht.

Als sie ihre Kutsche vor dem Wirtshaus zum Stehen brachten, trat sogleich ein klei-

nes Männchen in einer kitschigen Fantasieuniform auf sie zu und überschüttete sie mit einem Redeschwall.

„Joa mei! Do san's ja scho, die Madeln! Zwei blitzsaubere Töchter hat's, die Frau Martin. Respekt! Respekt! Gestatten ..." Er schlug ein wenig ungeschickt die Hacken zusammen. „Leutnant Ferdinand von Esterhazy. Derzeit leider vom Pech verfolgt. I hab a ganz großes Missgeschick gehabt, weil ..."

„Guten Tag, Herr Leutnant", unterbrach ihn Tina. „Ich bin Tina Martin."

„Und ich bin Bibi, ihre Freundin", ergänzte Bibi und musterte den Leutnant neugierig.

„Tina und Bibi, soso", fuhr dieser fort. „Liab seid's alle beide, dass ihr mich abholt. Wo ich mich doch so hab aufregen müssen wegen der armen Pferderln!"

„Ihren Pferden geht's gut!", warf Bibi ein.

„Sehr schön." Der Leutnant seufzte erleichtert. „Die gnädige Frau hat's mir schon erzählt. Des is' ja auch eine kostbare Fracht, die zwei. Den Pferderln darf nicht ein Haar gekrümmt werden. So, aber jetzt fahrn mer besser auf euren Hof."

Leutnant Esterhazy stieg neben Tina auf den Kutschbock, während Bibi nach hinten kletterte. Tina griff in die Zügel und nach ihrem „Hüah, Max und Moritz!" trabten die beiden Ponys los.

„Soso, Max und Moritz heißen's, die beiden Kerle? Na, das is a Gaudi!" Er lachte schallend.

„Wie heißen denn die beiden Lipizzaner?", fragte Bibi neugierig. Leutnant Esterhazy wurde verlegen.

„Jo mei, wie heißen's doch gleich wieder? Das is' mir jetzt bei der ganzen Hetzerei doch glatt entfallen!" Er lachte gekünstelt auf. „Wir haben so viele Pferderln auf dem Gestüt, da kann man schon amal durcheinander kommen. Aber ich komm schon noch drauf. Aber jetzt hab ich schon wieder einen mordsmäßigen Durst."

Leutnant Esterhazy leckte sich die Lippen und hielt Ausschau nach einem weiteren

Wirtshaus, in dem sie einkehren könnten.

„Durst hatten die Lipizzaner auch!“, antwortete Bibi spitz.

„Ja, da dank ich euch auch recht schön, dass ihr ihnen Wasser gegeben habt.“ Der Leutnant überhörte Bibis Tonfall. „Aber eins versteh i net. Der Transporter war doch verschlossen. Wie habt’s ihr denn das Schloss aufgekriegt?“

„Och, das war für mich kein Problem!“, sagte Bibi.

„Du? Mit deinen zarten Handerln hast du das Schloss geknackt? Da schau her!“ Er pfiff anerkennend durch die Zähne.

„Meine Freundin ist eben sehr clever“, erklärte Tina stolz. „Und auch sehr geschickt!“

„Na, da bin ich aber froh, dass kein anderer net an dem Transporter dran gewesen war. Es hätt’ ja auch ein böser Pferdedieb kommen und meinen armen Pferderln was antun können!“

Der Leutnant Esterhazy redete und redete. Karla Kolumna war nichts dagegen. Nach einer Weile aber verstummte er und es fiel kein einziges Wort mehr, bis sie auf dem Martinshof eintrafen. Die Hausherrin erwartete sie bereits.

„Herzlich willkommen auf dem Martinshof, Herr Leutnant!“, begrüßte Frau Martin ihn freundlich, als Tina den Kutschwagen gekonnt vor der Haustür zum Stehen brachte. „Bitte treten Sie näher. Sie werden sich doch bestimmt zunächst ein wenig ausruhen wollen, nicht wahr?“

„Sehr gütig! Küss die Hand, gnä’ Frau!“ Ferdinand Esterhazy sprang vom Bock, schritt auf Tinas Mutter zu und machte vor ihr eine zackige Verbeugung. „Nur keine Umständ’, bitteschön. Die ganze Sache ist mir eh furchtbar peinlich. Wenn ich nur um etwas zu trinken bitten dürfte und um ein Telefon? Ich hab ein paar wichtige Gespräche zu führen: mit Wien, mit den Herren vom Fernsehen, mit dem hiesigen Veranstalter … Selbstverständlich bezahle ich alles. Wie gesagt, ich werd keine Umständ’ machen, ich werd so stad

sein wie a Mauserl und werd niemanden stören, gnä' Frau!"

„Sagen Sie einfach Frau Martin zu mir!", unterbrach ihn Tinas Mutter. „Machen Sie es sich bequem. Das Telefon befindet sich im Haus, für Gäste gibt es eine Zähluhr. Kinder!" Sie winkte Bibi und Tina zu sich. „Zeigt dem Herrn Leutnant alles, vor allem das Telefon. Ich brühe inzwischen einen Kaffee auf. Sie finden mich in der Küche."

Leutnant Esterhazy ging ins Haus und Bibi und Tina folgten ihm. Er tat die ganze Zeit schön mit ihnen, sagte, dass sie ganz reizende und aufmerksame „Maderln" wären und dass die gnä' Frau stolz auf sie sein könnte. Als Tina ihn dann ins Wohnzimmer geführt und ihm das Telefon gezeigt hatte, wedelte er mit der Hand und bedeutete ihr, dass sie verschwinden solle.

„Danke schön, ich komm jetzt allein zurecht. Geht's doch bitte hinaus. I möcht gern mit meinem Schatzerl telefonieren. Die muss doch wissen, wo ihr Ferdi abgeblieben ist."

„Müssen Sie nicht zuerst die Leute vom Fernsehen anrufen?“, erinnerte ihn Bibi. „Die warten doch bestimmt schon auf ein Lebenszeichen von Ihnen.“

„I tät gern die Reihenfolge selber bestimmen, kleines Fräulein! Geht's nur naus zu den Lipizzanern, i komm gleich nach. Und macht's die Tür bittschön von außen zu, i möcht mei Ruah haben.“

„Aber“, Bibi ließ nicht locker, „ich kenne da eine Reporterin, die ...“

„Wen du kennst, das schert mich einen Teufelsdreck!“ Der charmante Herr Leutnant wurde jetzt grob. „Packt's euch! Ich bin nervös, versteht's ihr das net?“

„Jaja, ist ja schon gut!“, maulte Tina, packte ihre Freundin am Arm und zog sie in Richtung Tür. „Wir können Frau Kolumna ja später selber noch Bescheid sagen.“

„Nix da!“, rief ihnen der Leutnant nach. „Ich kümmer mich schon drum, wenn wer angerufen werden muss. Und jetzt gebt's endlich a Ruah! Schleicht's euch!“

„Komm, wir verschwinden!“, flüsterte Tina. „Der Gast ist König. Lassen wir ihn in Ruhe telefonieren, vielleicht regt er sich dann wieder ab. Versorg du die Ponys, ich helfe meiner Mutter in der Küche.“

Damit verließen die Mädchen das Wohnzimmer. Leutnant Esterhazy vergewisserte sich, ob keine ungebetenen Lauscher mehr in der Nähe waren, und wählte dann eine Nummer. Als am anderen Ende der Hörer abgehoben wurde, meldete er sich kurz und stauchte dann die andere Person am Telefon gehörig zusammen.

„Du bist ein Depp, Wastl! Ein saudamischer Lackl! Sag mal, was hast du mir denn da eingebrockt? Was hast du denn für a blödes Kreuz auf der Autokarte gemacht? Ich hab gewartet und gewartet, und wer hat sich verfahren? Du! Ich bin auf der Stelle gestanden, und damit mich nicht jeder sieht, bin ich in den Waldweg reingefahren. Und bumstich, bin ich sauber aufgesessen!“

Er lauschte in den Hörer. Sein Gesprächspartner sagte etwas, dann ergriff der Leutnant wieder das Wort.

„Das will ich meinen, Wastl! Streng dein Spatzenhirn gefälligst gescheit an und mach die Türen von deinem Gehirnkastel zu, sonst fliegt's dir noch davon. Fuchzigtausend Euro sind ja schließlich kein Pappenstiel ... Ja, Kruzitürken! Was schleichst du denn hier umeinander?"

Er brach erschrocken ab. Tina stand plötzlich mit dem Kaffeegeschirr im Zimmer. Dann aber fing sich der Leutnant und säuselte mit verstellter Stimme.

„Weißt, Schatzerl, fuchzigtausend Euro Versicherungssumme, das ist doch kein Zwetschgenknödel, oder?"

Er warf einen nervösen Blick auf Tina, dann aber zwinkerte er ihr freundlich zu.

„Ah, da kommt ja mein Kaffee!", rief er. „Und ein Stück Kuchen dazu. Der ist bestimmt von der Frau Mama selber gebacken. Stell's da hin, bitte. Naa, Schatzerl ...", er sprach jetzt wieder direkt in den Hörer, „net so gut wie deiner natürlich, und eine Portion Schlagobers is auch net dabei. Aber immerhin ..."

Da Tina keine Anstalten machte, den Raum wieder zu verlassen, wurde der Leutnant ärgerlich.

„Ist noch was? Wenn net, dann schleich di, ja?"

„Ich geh ja schon!", antwortete Tina spitz. Dabei hätte sie doch gar zu gern gehört, mit wem dieser Ferdinand am Telefon so redete. Mit seinem „Schatzerl" hatte er gewiss nicht gesprochen, dazu war er vorher viel zu grob gewesen. Irgendwas stimmte nicht mit dem sauberen Herrn Leutnant, dachte sie. Am Anfang wäre er vor Höflichkeit und Aufmerksamkeit fast geplatzt und jetzt war er plötzlich so unfreundlich. Sehr merkwürdig. Tina beschloss mit ihrer Freundin darüber zu reden. Sie traf Bibi vor dem Pferdestall. Max und Moritz befanden sich bereits in ihren Boxen.

„Na, wie geht's denn unserem nervösen

Herrn Leutnant?“, fragte Bibi neugierig. „Hat er seine wichtigen Telefongespräche zu Ende geführt?“

„Er telefoniert noch“, antwortete Tina. „Er hat mit seinem ‚Schatzerl‘ gesprochen. Ich sage dir, der ist nicht ganz dicht im Oberstübchen!“ Tina verdrehte die Augen und tippte sich an die Stirn. „Erst sagt er, sie hätte ein Spatzenhirn, dann sülzt er herum, und dann erzählt er was von fünfzigtausend Euro Versicherungssumme.“

In diesem Moment trat Frau Martin aus der Haustür und ging zu den Mädchen hinüber.

„Mutti!“ Tina eilte ihr entgegen. „Der komische Leutnant da drin hat am Telefon was von fünfzigtausend Euro Versicherung erzählt! Hast du eine Ahnung, wofür? Es ist doch gar nichts passiert.“

Frau Martin wusste auch nicht, was Leutnant Esterhazy damit gemeint haben könnte. Schließlich war den Pferden nichts zugestoßen. Oder war vielleicht der Pferdetransporter so hoch versichert? Aber Ferdinand Esterhazy war Gast auf dem Hof und seine Telefonate gingen sie nichts an. Und Bibi und Tina auch nicht. Sie wollte die Mädchen gerade zum Ausmisten in den Hühnerstall schicken, da kam der Leutnant aus dem Haus.

„Gnä' Frau ... äh ... verzeihen's bittschön, ich meine, Frau Martin, es ist alles bestens organisiert!“, rief er gut gelaunt. „Gleich morgen in der Früh kommt ein Fahrzeug und dann geht's los!“

„Na, dann reicht das ja noch gut für die Pferdeshow.“ Frau Martin war erleichtert, dass alles so glatt ablief. Aber eine Frage musste sie noch stellen, bevor sie ihren Gast sich selbst überließ. „Was mich interessieren würde, Herr Leutnant ... Haben Sie Ihrer Versicherung einen Schaden gemeldet? Meine Tochter hat da zufällig etwas von fünfzigtausend Euro aufgeschnappt.“

„Jo mei!“ Ferdinand Esterhazy war schnell mit der Antwort bei der Hand. „Die Lipizzaner sind halt hoch versichert. Jeder Seehund, der einen Luftballon balancieren kann, ist versichert. Jedes Afferl, das einen Salto schlägt, ist versichert. Stellen's Ihnen mal vor, wenn sich so ein Viecherl das Goscherl bricht und kann nicht auftreten, dann ..."

„Ja ja, ich verstehe!" Frau Martin verstand zwar nur jedes zweite Wort, aber sie wollte den Redefluss des Mannes stoppen. „Es sind ja schließlich sehr wertvolle Tiere, diese Lipizzaner. Sagen Sie, Herr Leutnant, was ich auch noch fragen wollte: Sind Sie nun der Reiter der Pferde oder der Fahrer?"

„I? Wieso?" Ferdinand Esterhazy machte ein dummes Gesicht, hatte sich aber gleich wieder in der Gewalt und lachte gekünstelt auf. „Ach so! Jetzt verstehe ich! Haha! Na na, den Fahrer hab i in Falkenstein gelassen. Wegen dem kaputten Pferdetransporter, wissen's."

Leutnant Esterhazy warf Frau Martin und den Mädchen nervöse Blicke zu und trat von einem Bein auf das andere. Er schien sich nicht wohl in seiner Haut zu fühlen.

„Wenn Sie nicht der Fahrer sind, dann müssen Sie der Reiter sein“, stellte Bibi scharfsinnig fest. „Können Sie uns nicht auf den Lippis ein paar Kunststücke vorführen?“

„Au ja!“ Tina fand den Vorschlag prima. „Eine kleine Sondervorstellung. Nur für uns allein. Bitte, Herr Leutnant!“

„Na na na!“ Die Antwort kam wie aus der Pistole geschossen. „Lasst's mich bittschön aus, Kinder. Ich bin noch ganz damisch beieinander. Das spür'n die Rösserl fei schon. Das bringt jetzt nix. Ich mach die bloß narrisch, wenn ich ihnen zu nah komm!“

„Oooch!“, ließ sich da Frau Martin vernehmen. „Ich würde mich auch sehr freuen, wenn Sie uns auf den Lipizzanern etwas zeigen könnten. Bitte!“

Leutnant Esterhazy gab sich geschlagen. Er versprach der „gnä' Frau“, ihr und den Mädchen morgen früh etwas vorzureiten. Dann setzte er eine leidende Miene auf und murmelte etwas von „sakrisch erschöpft“ und dass er „a Ruah“ brauchen würde. Er empfahl sich schnell und eilte hinauf auf sein Zimmer. Tina schaute ihm stirnrunzelnd hinterher.

„Er braucht seine Ruhe, der feine Herr!“, sagte sie verächtlich. „Pfff! Dabei hat er sich noch nicht einmal um seine Pferde gekümmert! Bibi ...“, sie blickte ihre Freundin ernst an, „ich mag den Kerl nicht. Ich finde ihn unsympathisch!“

Unsympathisch hin, unsympathisch her ... die Gäste auf einem Reiterhof konnte man sich leider nicht aussuchen. Die meisten waren nett, freundlich zu den Pferden und hilfsbereit. Ab und zu war auch mal einer dabei, den sie nicht so gern mochten, aber damit mussten sie leben.

Bibi und Tina seufzten wie auf Kommando gleichzeitig auf und machten sich dann wieder an ihre Arbeit. Die Hühner zusammenscheuchen, alle Ställe ausmisten und neues Stroh verteilen, den großen Gemüsegarten gießen und versorgen und ... und ... und ...

Nach dem Abendessen und den letzten

Arbeiten in der Küche waren sie froh, dass sie in Tinas Zimmer verschwinden konnten.

Wenig später hockten Bibi und Tina zur abendlichen Plauderstunde auf Tinas breitem Bett.

Ferdi macht sich verdächtig

Tina hatte aus der Küche eine Dose mit selbst gebackenen Keksen ihrer Mutter organisiert. Trotz ihrer Müdigkeit war an Schlafen vorerst nicht zu denken. Zu viel war den Tag über passiert.

„Ich möchte bloß wissen, warum dieser Leutnant Esterhazy so mürrisch und unfreundlich war", überlegte Tina laut und schob sich einen Keks in den Mund.

„Tja!" Bibi zuckte mit den Schultern. „Manche Menschen sind eben nur nett, wenn sie etwas von einem wollen."

„Aber man sagt doch, dass jemand, der Tiere mag, nett ist, oder?"

„Vielleicht mag er ja gar keine Tiere, unser

Herr Leutnant“, gab Bibi zu bedenken. „Um die beiden Lippis haben bisher nur wir uns gekümmert. Ihm waren die Pferde ziemlich egal.“

„Aber er reitet doch auf den beiden!“ Tina ließ nicht locker. „Er macht Dressur mit ihnen. Da muss man ganz ruhig und bestimmt sein und eine große Liebe zu Pferden haben. Sonst funktioniert das nicht!“

„Uiuiui!“ Bibi grinste. „Tina Martin, du sprichst ja auf einmal so weise!“

„Na ja, stimmt doch auch, oder? Ruhig ist unser Leutnant ganz bestimmt nicht. Im Gegenteil. Er ist furchtbar nervös, wahrscheinlich wegen dem Geld. Ich meine die fünfzigtausend Euro.“

„Wollen wir unsere Pferde nicht auch mal ganz hoch versichern lassen?“ Bibi kicherte. „Schließlich können Amadeus und Sabrina jetzt synchron springen. Das ist doch was Besonderes!“

Tina tippte sich lachend an die Stirn und griff nach einem neuen Keks. Eine Weile

knabberten die beiden Mädchen schweigend, dann ergriff Tina wieder das Wort.

„Sag mal, möchtest du auch gern so ein teures Spitzenpferd besitzen?“

„Nö!“ Bibi schüttelte den Kopf. „Ich hab doch schon ein Spitzenpferd. Meine Sabrina. Die reicht mir.“

„Ja schon, Amadeus reicht mir auch, aber stell dir mal vor, wir hätten die Lipizzaner nur für uns mitgenommen.“

„Du meinst, geklaut?“ Bibi riss die Augen auf. „Du spinnst wohl?“

„Manno!“ Tina verzog das Gesicht. „Lass mich doch mal spinnen! Ich meine ja nur. Stell dir vor, wir hätten zufällig einen Pferdetransporter dabeigehabt, als wir die Lippis gefunden haben. Wir hätten sie ruckzuck umgeladen und wären dann mit ihnen weggefahren. Ganz weit!“

„So ein Quatsch!“ Bibi tippte sich an die Stirn. „Der Besitzer oder die Besitzerin hätte doch sofort eine Diebstahlsanzeige aufgegeben. Überall im Land hätte man nach den

Pferden gefahndet. Solche wertvollen Tiere fallen doch auf. Mit denen kommst du nicht weit. Die kannst du nicht reiten, die musst du verstecken!"

„Och, man könnte sie ja anmalen", meinte Tina lässig. „Es gibt bestimmt unschädliche Biofarben, die einem Pferdefell nichts anhaben."

„Wie wär's mit Zebrastreifen?", neckte Bibi ihre Freundin. „Du bemalst die Lippis am ganzen Körper mit schwarzen Strichen, und wenn dich jemand fragt, sagst du, sie sind für den Neustädter Zoo bestimmt."

„Du verstehst überhaupt keinen Spaß!", rief Tina lachend und griff nach einem Kissen. Bibi tat das Gleiche und im Nu war eine herrliche Kissenschlacht entbrannt. Die Mädchen kreischten und kicherten und bewarfen sich mit allen großen und kleinen Kissen, die sie erwischen konnten. Schließlich fielen sie japsend auf den Rücken und streckten alle viere von sich. Es war ein anstrengender Tag gewesen und plötzlich fühlten sie sich furchtbar, furchtbar müde. Sie löschten schnell das Licht, rollten sich in die Decken ein und waren im Nu eingeschlafen.

Bibi begann zu träumen und träumte einen wunderschönen Traum ... Sie ritt auf einem der beiden Lipizzaner am Meer entlang. Seine weiße Mähne flatterte im Wind und im feuchten Sand blieben Hufspuren zurück. Ganz merkwürdige, lustige Hufspuren, weil Bibis Lippi einen langsamen Walzer tanzte. Dazu ertönte leise Musik. Bibi tanzte und tanzte und die Möwen schrien ...

Sie wusste nicht, wie lange sie geträumt hatte, aber als ein Sonnenstrahl sie an der Nase kitzelte und sie erwachte, glaubte sie immer noch die Möwen schreien zu hören. Sie fuhr auf und lauschte. Möwen hier auf dem Martinshof? Nein, es war nur Hubert, der Hahn, der lautstark die letzten Schläfer auf dem Hof weckte.

Im selben Moment klopfte auch schon jemand laut an die Tür.

„Bibi! Tina! Guten Morgen! Aufstehn!“, rief

Frau Martin und trat in das Zimmer der Mädchen. „Der Herr Leutnant sitzt bereits beim Frühstück!"

„Was? Wer?" Jetzt war auch Tina wach. „Welcher Herr Leutnant? Ach so, der Herr Ferdi! Mit dem will ich aber nicht frühstücken, Mutti!"

„Komm, nun sei mal nicht unhöflich", ermahnte sie ihre Mutter. „Außerdem wollte er uns heute etwas vorreiten."

„Ach ja, stimmt!" Mit einem Satz war Bibi aus den Federn. „Komm, Tina! Das lassen wir uns nicht entgehen! Wer als Erster fertig ist, darf die Erdbeermarmelade direkt aus dem Glas löffeln! Einverstanden, Frau Martin?"

„Na gut, ausnahmsweise." Tinas Mutter lachte. Sie achtete nämlich darauf, dass die Mädchen sich bei Tisch einigermaßen gesittet benahmen, und fand es gar nicht lustig, wenn eins der Kinder seinen Kakaolöffel in die selbst gemachte Marmelade tunkte und das Glas halb leer futterte.

Also beeilten sich Bibi und Tina und kurze Zeit später polterten sie mit viel Getöse in die Küche, um dem Herrn Leutnant einen guten Morgen zu wünschen. Er wirkte heute viel ruhiger und erwiderte freundlich den Morgengruß.

„Wir sind schon sehr gespannt auf Ihre Vorführung, Herr Leutnant!", sagte Tina und schmierte sich ihr erstes Butterbrot. Ferdi verschluckte sich fast an seinem Kaffee und blickte verdutzt in die Runde.

„Auf was bittschön?"

„Na, auf die Vorführung mit den Lippis!", ergänzte Bibi. „Auf die Kapriolen und all die tollen Dressurschritte."

„Gespannt seid's. Soso." Allmählich fiel dem Herrn Leutnant wieder ein, was er gestern versprochen hatte. Augenblicklich verzog er das Gesicht, als hätte er Schmerzen, und fasste mit der Rechten an seine Hüfte. „Ich bin auch gespannt … äh, verspannt. Verspannt bin ich! So ein Malheur. Ich hab's nämlich furchtbar im Kreuz. Es zwickt und

zwackt und ich kann mich kaum bewegen. Auf ein Pferd kann ich heute nicht steigen, nicht mal in Gedanken! Wo ich das nur wieder herhab?“

„Also, an Ihrem Bett kann es nicht liegen, Herr Leutnant“, beeilte sich Frau Martin zu sagen. „Das Bett ist gut wie alle unsere Betten. Es hat sich in den vielen Jahren noch nie ein Gast beschwert.“

Herr Ferdi winkte hastig ab und bestätigte seiner Gastgeberin, dass er sehr gut geschlafen habe und dass so ein Anfall von Hexenschuss bei ihm manchmal wie aus heiterem Himmel käme. Ein, zwei Tage müsse er sich natürlich schonen, aber dann würde es schon wieder gehen.

„Aber auf ein Pferdl steigen darf ich auf keinen Fall, das wär das schiere Gift für meinen armen Rücken!“

„Schaaade!“ Bibi und Tina machten enttäuschte Gesichter. Es wäre so schön gewesen, die Lippis zum Abschied noch einmal in Aktion zu sehen. Bald würde der Ersatzwagen kommen und die beiden Pferde abholen. Doch sie trösteten sich: Heute Abend konnten sie die Lipizzaner ja in der Show sehen!

Als wenig später von der Landstraße her lautes Hupen ertönte und gleich darauf ein Pferdetransporter in den Hof gefahren kam, sprang der Leutnant hastig auf.

„Na, wer sagt's denn?“, rief er und riss erfreut die Arme hoch. „Jetzt läuft's ja wie am Schnürl!“ Er stieß seinen Stuhl zurück und ging mit schnellen Schritten nach draußen.

Frau Martin und die Mädchen sahen ihm kopfschüttelnd nach.

„Wie der plötzlich rennen kann!“, stellte Tina verblüfft fest.

„Dem tut gar nichts weh!“ Bibi verzog missmutig das Gesicht. „Der hat simuliert. Der hat nur so getan, als hätte er einen Hexenschuss. Der wollte sich bloß vor dem Reiten drücken. So ein falscher Fuffziger!“

Draußen begrüßte Leutnant Ferdi den Fahrer wie einen alten Freund. Die beiden redeten kurz miteinander, schlugen sich gegenseitig auf den Rücken und lachten dabei schallend. Dann deutete Ferdi zum Pferdestall hinüber und sagte etwas. Nun war es für die Mädchen wohl an der Zeit, dass sie die beiden Lipizzaner aus ihren Gästeboxen holten.

„Na, kommt, ihr zwei Hübschen“, schmeichelte Bibi den Pferden, die sich anfangs etwas sträubten und nervös wieherten. „Oder soll ich ‚bittschön, die Herrschaften‘ sagen?“

Leutnant Ferdi und sein Begleiter schienen es sehr eilig zu haben, denn sie schubsten und schoben die Lippis ziemlich unsanft zu der Rampe hin, die in das Innere des Transporters führte.

„Ja, hüah! Hüah!“, fuhr Ferdi sie an. „Rein mit euch! Wird’s bald? Bockige Biester seid’s heut wieder!“

„Nicht mit Gewalt!“, protestierte Tina.

„Genau!“, pflichtete Bibi ihr bei. „Die armen Pferde!“

„Haltet’s ihr euch da raus!“, fuhr Ferdi sie

an. „I muss mich beeilen. Wollt's ihr da jetzt wohl reingehen?“

Frau Martin, die hinzugetreten war, fasste Ferdi am Arm.

„Herr Leutnant, Sie sind zu nervös. Lassen Sie das bitte die Mädchen erledigen. Sie sollten in der Zwischenzeit in Rotenbrunn anrufen und Bescheid sagen, dass Sie gleich losfahren. Oder soll ich das erledigen?“

„Na, na, das mache ich lieber selbst.“ Er trat beiseite und machte Bibi und Tina Platz. „Bittschön, dann seid's doch so gut und lockt's mir die Pferdl da rein.“

Das taten Bibi und Tina dann auch. Mit sanften, leisen Stimmen beruhigten sie die beiden Lippis, die sich auch brav in den Pferdetransporter führen ließen. Gleich darauf kam Leutnant Ferdi vom Telefonieren zurück. Er strahlte, als er sah, dass die Arbeit bereits erledigt war.

„Ah! Drin san's. Guat. Sehr guat. Jetzt aber nix wie raus aus dem Wagen, ihr Madln! Oder wollt's am End mit eingesperrt werden?“

ND-7110

Nein, das wollten Bibi und Tina natürlich nicht. Sie tätschelten den Lippis noch einmal zärtlich den Hals und sprangen dann von der Ladefläche herab. Ferdi klappte die Luke hoch, verriegelte sie und kletterte auf den Beifahrersitz.

„Alsdann, Wastl!“, rief er dem Fahrer zu. „Pack mers!“

Wastl startete den Motor, legte den ersten Gang ein und langsam rollte der Transporter vom Hof. Kurz darauf verschwand er hinter der nächsten Biegung und nur noch das immer leiser werdende Motorengeräusch war zu hören.

„Also, so was!“ Frau Martin war perplex. „Da rauscht dieser Leutnant mit seinem Kollegen Wastl doch einfach ohne einen Gruß und ohne ein Wort des Dankes davon. Das Telefongespräch hat er auch nicht bezahlt.“

„So ein Heini!“, schimpfte Tina. Doch jetzt konnten sie nichts mehr ändern. Die Lippis waren fort, aber heute Abend würden sie sie ja wiedersehen. Bis dahin war allerdings noch eine Menge auf dem Hof zu tun, denn der Abenddienst fiel wegen der Vorstellung für Bibi und Tina ja aus. Also mussten sie in den nächsten Stunden fleißig sein, damit sie später mit gutem Gewissen die Pferdeshow ansehen konnten.

Ein raffinierter Trick

„Mann, die Show wird ja im Fernsehen übertragen!“, fiel es Bibi ein, als sie mit Tina in den Gästezimmern Staub wischte. „Da muss ich nachher gleich Mami und Papi anrufen, dass sie sie auch anschauen.“

„Dann mach es am besten gleich“, riet Tina, „sonst vergisst du es am Ende noch. Das Telefon ist gerade frei.“

Bibi eilte hinunter ins Erdgeschoss. Sie wollte gerade den Hörer abnehmen, da fiel ihr Blick auf die Zähluhr. Sie stand auf Null. Bibi wunderte sich. Leutnant Esterhazy hatte doch als Letzter mit Rotenbrunn telefoniert. Aber wenn kein Gespräch gezählt worden war, dann konnte von hier auch kein Gespräch geführt worden sein. Sehr komisch.

In diesem Moment klingelte das Telefon. Bibi zuckte erschreckt zusammen, weil sie direkt daneben stand, und hob schnell ab.

„Guten Tag. Hier Martinshof!", meldete sie sich. „Bibi Blocksberg am Apparat."

„Ja, hallöchen! Hallöchen!", ertönte eine wohlbekannte Stimme am anderen Ende. Sie brauchte gar nicht ihren Namen zu nennen, Bibi wusste auch so, dass es Karla Kolumna war. Karla kam ohne Umschweife zur Sache.

„Schätzchen, wir alle hier in Rotenbrunn sind ziemlich aufgelöst und in großer Sorge", erzählte sie hastig. „Wo bleiben denn die vierbeinigen Stars des heutigen Abends? Wir warten dringend auf eure Lipizzaner. Die Generalprobe beginnt gleich, Schätzchen!"

„Keine Sorge, Frau Kolumna!", erwiderte Bibi. „Der Transporter mit den Lippis ist vor einer Viertelstunde vom Hof gefahren. Sie haben ein Ersatzfahrzeug organisiert. Es stand aber nichts dran, auch nicht ‚Reitakademie' oder so. Der Wagen muss bald da sein. Leutnant Esterhazy war in großer Eile. Er hat ziemlich gedrängelt."

Sie hielt den Hörer ein wenig zur Seite, damit Tina, die neugierig hinzugetreten war, mithören konnte.

„Was heißt hier Leutnant Esterhazy, Schätzchen?", fragte Karla Kolumna verblüfft. „Leutnant Esterhazy steht neben mir und rauft sich seine schwarze Lockenpracht."

„Was?! Esterhazy", rief Tina so laut in die Sprechmuschel, dass Bibi zusammenzuckte. „Leutnant Esterhazy? Der ist schon da? Das ist doch unmöglich! Bis Rotenbrunn braucht er auf der kurvigen Landstraße mindestens eine halbe Stunde!"

Frau Martin, die Tinas laute Worte gehört hatte, eilte herbei.

„Was? Der Leutnant Esterhazy soll schon da sein?", fragte sie aufgeregt. „Bibi, gib mir doch bitte mal den Hörer. Hallo, Frau Kolumna", wandte sie sich dann an Karla am anderen Ende der Leitung. „Hier spricht Frau Martin. Was habe ich da eben gehört?

Der Leutnant Esterhazy ist schon bei Ihnen?"

„Natürlich! Schon ewig lange!", antwortete Karla Kolumna. „Er ist der Chef der ganzen Truppe hier. Er hat uns gestern Abend sehr nett zum Essen ausgeführt."

„Dann ist unser ... ich meine, der Mann, der hier war, ein Schwindler!" Frau Martin blickte völlig entgeistert drein.

„Wunderbar!", rief Karla Kolumna. „Wie aufregend! Endlich mal wieder eine echte Sensation."

„Na, ich danke schön!", erwiderte Frau Martin. „Das ist für mich keine Sensation, das ist für mich furchtbar peinlich. Schließlich waren wir dem Kerl auch noch behilflich."

„Peinlich hin, peinlich her. Die Stars des Abends müssen her, und zwar so schnell wie möglich!", sagte die Reporterin bestimmt. „Aber jetzt muss ich leider Schluss machen, ich habe noch furchtbar viel zu erledigen. Tschüschen!"

Klick! Am anderen Ende der Leitung wurde aufgelegt und auch Frau Martin ließ den

Hörer aus der Hand sinken. Sie blickte die beiden Mädchen an und fragte nach einer kurzen Pause: „Wo um alles in der Welt sind die beiden Lipizzaner? Bringt dieser falsche Esterhazy sie womöglich zu einem heimlichen Käufer? Für fünfzigtausend Euro?"

„Und was jetzt?" Tina starrte ihre Freundin ratlos an.

Bibi kniff ein Auge zu. Sie überlegte kurz, dann hatte sie eine Idee.

„Tina! Auf zum Suchflug! Wir fliegen dem Leutnant hinterher!"

Sie lief los, holte ihren Hexenbesen Kartoffelbrei und ließ Tina hinter sich aufsitzen.

„Der kann was erleben, der Gauner! *Eene meene Feuerwehr, dem Transporter hinterher! Hex-hex!*"

Funken sprühten, Sternchen blitzten und schon zischte Kartoffelbrei los. Im Nu war er über den Wipfeln der Bäume und Bibi lenkte ihn geschickt über der Landstraße in Richtung Rotenbrunn. Der Wagen mit den beiden Lipizzanern hatte zwar schon einen gehörigen Vorsprung, aber Kartoffelbrei legte bei seinem Suchflug ein solches Tempo vor und Bibi ließ ihn obendrein noch ein paar Abkürzungen fliegen, sodass sie tatsächlich den Pferdetransporter entdeckten. Er stand am Ende einer Autoschlange, die vor einer heruntergelassenen Bahnschranke wartete.

Bibi flog eine sanfte Kurve, damit Fahrer und Beifahrer sie in ihren Rückspiegeln nicht sehen konnten, und steuerte ihren Besen nach unten.

„Eene meene lange Reise, Kartoffelbrei, lande leise! Hex-hex!"

Als Bibi und Tina festen Boden unter den Füßen hatten, schlichen sie sich vorsichtig an den Transporter heran, der noch immer wartend auf der Stelle stand.

„Hier riecht es nach frischer Farbe", stellte Tina fest und schnupperte.

„Na und?", meinte Bibi und trat vor die Ladeklappe des Wagens. „Hauptsache, es riecht auch nach frischen Pferden. Und das tut es gewaltig. *Eene meene Dachgeschoss,*

ich knacke dein Transporterschloss! Hex-hex!“

Die Tür sprang auf und aus dem Inneren erklang ein erschrockenes Wiehern. Bibi und Tina starrten die beiden Pferde verblüfft an.

„Au weia!“, stieß Tina hervor. „Das sind keine Lipizzaner, das sind Apfelschimmel. Bibi, das sind die falschen Pferde!“

„Du hast recht. So ein Mist!“, schimpfte Bibi. „Wieso hat sich Kartoffelbrei geirrt? Das verstehe ich nicht!“

„Es ist aber so“, meinte Tina und machte sich an der schweren Tür zu schaffen. Sie musste wieder geschlossen sein, wenn der Wagen weiterfuhr, sonst passierte den Pferden noch etwas. Bibi half ihr. Die Tür war gerade wieder verschlossen, als die Schranke geöffnet wurde. Die wartenden Autos setzten sich in Bewegung. Auch der Transporter, dessen Insassen nichts davon mitgekriegt hatten, was hinter ihnen geschehen war, fuhr los. Bibi starrte ihm nach. Auf ihrer Stirn erschien eine steile Falte. Das war das Zeichen dafür, dass die kleine Hexe angestrengt nachdachte.

„Sag mal, Tina“, wandte sie sich an ihre Freundin, „erinnerst du dich noch an das Telefongespräch, das dieser angebliche Leutnant gestern geführt hat? Was hast du alles mitbekommen?“

„Ich habe nicht so genau hingehört, aber der Name Wastl war deutlich zu verstehen. Das muss sein Komplize sein.“

„Genau!“, pflichtete ihr Bibi bei. „Und gestern Abend im Bett, als du rumgesponnen hast von wegen Lippis klauen und so, da habe ich doch was von Zebrastreifen und Anmalen gesagt. Weißt du noch?“

„Hm.“ Tina nickte. „Damit sie keiner als Lippis erkennt.“ Kaum hatte sie das gesagt, schrie sie auf. „Anmalen, genau! Bibi, ich habe doch vorhin frische Farbe gerochen!“

„Ich auch! Ganz frische Farbe. Tina, das waren keine Apfelschimmel, die sahen nur so aus. Das waren unsere Lippis, denen jemand Flecken auf das Fell gesprüht hat.“

„Oh! Diese Strolche!“ Tinas Augen funkelten vor Zorn. „Die haben heimlich irgendwo angehalten und die armen Pferde mit grauer Farbe bekleckert, damit sie unbehelligt mit ihnen verschwinden können.“

„Die kriegen wir. Komm, steig auf!“ Sie nahmen beide auf Bibis Hexenbesen Platz. *„Eene meene großes Meer, den beiden Lippis hinterher! Hex-hex!* Gib Gas, Kartoffelbrei!“

Pech gehabt, Herr Ferdi!

Das ließ sich der Hexenbesen nicht zweimal sagen. Kurz darauf hatte er den Transporter eingeholt, der natürlich nicht in Richtung Rotenbrunn abgebogen war, wo das ganze Fernsehteam mit der Show wartete, sondern in die genau entgegengesetzte Richtung fuhr.

„Na wartet, ihr beiden da unten!“, schimpfte Bibi. „Euch haue ich jetzt einen Hexspruch um die Ohren, den ihr nie vergessen werdet! Tina! Siehst du die Abzweigung da unten? Von der aus kann man doch auch nach Rotenbrunn fahren! Pass mal auf, was die beiden jetzt machen. *Eene meene andersrum, fahrt direkt nach Rotenbrunn! Hex-hex!*“

Gleich bog der Pferdetransporter von der

Hauptstraße ab und fuhr von Hexkraft gelenkt zu seinem richtigen Ziel. Kartoffelbrei legte ein normales Hexenbesenflugtempo vor und die beiden Mädchen beobachteten amüsiert, wie der Wagen schlingernde Bewegungen machte, als ob ihn sein Fahrer mit Gewalt in eine andere Richtung steuern wollte. Aber es half ja nichts. Bibis Hexspruch wirkte und so mussten der falsche Leutnant Esterhazy und sein Begleiter mit den Lippis direkt nach Rotenbrunn fahren.

Im Stadion war die Generalprobe für die Show bereits in vollem Gang und auf dem Platz davor warteten aufgeregt der echte Leutnant Esterhazy, die rasende Reporterin Karla Kolumna und zwei Polizeibeamte.

Sie sprangen zur Seite, als der Pferdetransporter in halsbrecherischem Tempo angebraust kam. Dicht über ihm flogen Bibi und Tina auf Kartoffelbrei. Karla Kolumna erkannte mit einem Blick die Situation und scheuchte ein paar neugierige Zuschauer aus dem Weg.

„Platz gemacht, Leute!“, rief sie. „Zur Seite! Die Lipizzaner treffen ein!“ Dann winkte sie Bibi und Tina fröhlich zu. „Runter mit euch beiden! Ihr habt eure Sache großartig gemacht!“

Als der Transporter mit quietschenden Bremsen zum Stehen kam, rissen die beiden Polizisten die Seitentüren auf und nahmen den kreidebleichen falschen Leutnant und seinen Kumpan Wastl in Empfang.

„Jo mei, Herr Polizeirat!“, versuchte Ferdi einen schwachen Protest. „Dös is alles a ganz großes Missverständnis. I kann Ihnen alles erklären, I...“

Der Rest seiner Rede war nur noch ein leises Murmeln. Ohne Widerstand ließ er sich mit seinem Komplizen abführen. Karla Kolumna blickte ihm amüsiert nach.

„Das ist also der falsche Esterhazy. Von einem Leutnant hat er aber wenig an sich“, spöttelte sie. „Er sieht eher aus wie ein abgebrochener Gartenzwerg! Na, das gibt wieder eine tolle Schlagzeile: Pferdeentführung

missglückt! Falscher Leutnant klaut echte Lipizzaner!“

Als Bibi und Tina die Tür des Transporters öffneten und die beiden von der wilden Fahrt ganz verstörten Pferde herausließen, machte Karla ein verdutztes Gesicht. Lipizzaner hatte sie sich ganz anders vorgestellt.

„Die sind ja so gepünktelt! Ich dachte, eure Lippis wären ganz weiß?“

„Das sind sie ja auch!“ Tina lachte. „Die Gangster haben sie nur angemalt. Zur Tarnung. Bibi und ich wären fast darauf reingefallen.“

„Wir müssen jetzt ganz schnell die Farbe abwaschen“, sagte Bibi und blickte sich um. „Hier wird es doch hoffentlich irgendwo einen Schlauch geben.“

Ein Schlauch war bald gefunden und an einen Wasserhahn montiert. Es bereitete Bibi und Tina großes Vergnügen, den Pferden die grauen Flecken abzuschrubben, und bald erstrahlte das Fell wieder leuchtend weiß. Als die Pferdeleiber getrocknet waren, kamen die

Lippis noch bei der Generalprobe zu einem kleinen Einsatz. Sie machten ihre Sache sehr gut und Bibi, Tina und Frau Kolumna waren sehr gespannt auf die Kunststücke der beiden bei der Pferdeshow am Abend.

Die Mädchen erhielten zur Belohnung zwei besonders gute Plätze in der Presseloge und hatten von hier einen wunderbaren Blick auf das Geschehen. Die Stimmung war großartig und stieg von Vorführung zu Vorführung. Dann ertönte ein Trommelwirbel und wurde immer lauter. Ein Ansager trat in den Lichtkegel eines Scheinwerfers und verkündete die Attraktion des Abends, den Höhepunkt der Show.

„Die Lipizzaner Maestoso und Montedoro mit ihren Bereitern Leutnant Nockerl und Leutnant Esterhazy von der Reitakademie St. Stephan!"

Die Lippis drehten ein paar Runden und blieben dann direkt vor den beiden Ehrengästen Bibi und Tina stehen. Sie scharrten leicht mit den Hufen und nickten mit den

Köpfen, dass ihre weißen Mähnen flatterten. Ihre Augen schauten groß und rund unter den dichten Wimpen hervor und beide stießen ein freundliches Schnauben aus. Als Karla Kolumna ihren Fotoapparat zückte und dieses herrliche Motiv fotografierte, entblößten die Lipizzaner ihre Zähne und es sah fast so aus, als würden sie fröhlich in das Objektiv der Kamera lächeln.

Bibi und Tina freuten sich wie die Schneekönige, stießen sich vor Begeisterung in die Rippen und zwinkerten einander zu.

„Na, wie haben wir das gemacht?“, fragte Tina lächelnd ihre Freundin.

„Super!“ Bibi strahlte über das ganze Gesicht. „Wir beide sind eben ein tolles Team!“

Zwei zum Pferdestehlen

Bibi & Tina

von Theo Schwartz

Band 1	Das Fohlen vom Martinshof	ISBN 978-3-505-04731-2
Band 2	Amadeus ist krank	ISBN 978-3-505-12703-8
Band 3	Papi lernt reiten	ISBN 978-3-505-04879-1
Band 4	Das Zirkuspony	ISBN 978-3-505-04880-7
Band 5	Das Heiderennen	ISBN 978-3-505-12704-5
Band 6	Der Abschied	ISBN 978-3-505-12705-2
Band 7	Tina in Gefahr	ISBN 978-3-505-08092-0
Band 8	Der Hufschmied	ISBN 978-3-505-12706-9
Band 9	Der fliegende Sattel	ISBN 978-3-505-00010-2
Band 10	Das Zeltlager	ISBN 978-3-505-10007-9
Band 11	Papis Pony	ISBN 978-3-505-10130-4
Band 12	Der Liebesbrief	ISBN 978-3-505-10131-1
Band 13	Alle lieben Knuddel	ISBN 978-3-505-10312-4
Band 14	Der rote Hahn	ISBN 978-3-505-10313-1
Band 15	Das Herbstturnier	ISBN 978-3-505-12707-6

Band 16 Die Lipizzaner	ISBN 978-3-505-12708-3
Band 17 Der Pferdegeburtstag	ISBN 978-3-505-10852-5
Band 18 Die Tierärztin	ISBN 978-3-505-10988-1
Band 19 Das Gespensterpferd	ISBN 978-3-505-11135-8
Band 20 Die falsche Freundin	ISBN 978-3-505-12709-0
Band 21 Das Pferd in der Schule	ISBN 978-3-505-11400-7
Band 22 Der Pferdetausch	ISBN 978-3-505-11494-6
Band 23 Gefahr für Falkenstein	ISBN 978-3-505-11633-9
Band 24 Das Findel-Fohlen	ISBN 978-3-505-11634-6
Band 25 Der Glücksbringer	ISBN 978-3-505-12710-6
Band 26 Konkurrenz für Alex	ISBN 978-3-505-12711-3
Band 27 Der Pferdedieb	ISBN 978-3-505-12712-0
Band 28 Die Schnitzeljagdfalle	ISBN 978-3-505-12052-7
Band 29 Die wilde Meute	ISBN 978-3-505-12085-5
Band 30 Ein ungebetener Gast	ISBN 978-3-505-12132-6
Band 31 Die Pferdeprinzessin	ISBN 978-3-505-12166-1
Band 32 Besuch aus Spanien	ISBN 978-3-505-12245-3
Band 33 Freddy in der Klemme	ISBN 978-3-505-12270-5
Band 34 Der Verehrer	ISBN 978-3-505-12318-4
Band 35 Der verhexte Wanderritt	ISBN 978-3-505-12341-2
Band 36 Der verschwundene Pokal	ISBN 978-3-505-12436-5
Band 37 Die Überraschungsparty	ISBN 978-3-505-12459-4
Band 38 Das Amulett der Gräfin	ISBN 978-3-505-12565-2
Band 39 Die rätselhafte Schatzsuche	ISBN 978-3-505-12630-7

www.schneiderbuch.de

EGMONT Verlagsgesellschaften

Schneider Buch

Verhexter Lesespaß

Bibi Blocksberg™

von Theo Schwartz

Band 1	Hexen gibt es doch	ISBN 978-3-505-11701-5
Band 2	Der Hexengeburtstag	ISBN 978-3-505-11702-2
Band 3	Der Wetterfrosch	ISBN 978-3-505-11703-9
Band 4	Bibi und das Dino-Ei	ISBN 978-3-505-11704-6
Band 5	Wo ist Kartoffelbrei?	ISBN 978-3-505-11705-3
Band 6	Bibi im Orient	ISBN 978-3-505-11706-0
Band 7	Die neue Schule	ISBN 978-3-505-11707-7
Band 8	Das Wettfliegen	ISBN 978-3-505-11708-4
Band 9	3 x schwarzer Kater	ISBN 978-3-505-11709-1
Band 10	Das feuerrote Nashorn	ISBN 978-3-505-11710-7
Band 11	Der Superhexspruch	ISBN 978-3-505-11711-4
Band 12	Bibi als Prinzessin	ISBN 978-3-505-11712-1

Band 13	Bibi und die Vampire	ISBN 978-3-505-11713-8
Band 14	Bibi und die Piraten	ISBN 978-3-505-11714-5
Band 15	Das gestohlene Hexenkraut	ISBN 978-3-505-11715-2
Band 16	Die Hexenschule	ISBN 978-3-505-11716-9
Band 17	Freitag, der 13.	ISBN 978-3-505-11729-9
Band 18	Die neue Lehrerin	ISBN 978-3-505-11795-4
Band 19	Schubia dreht durch	ISBN 978-3-505-11927-9
Band 20	Bibi im Hexeninternat	ISBN 978-3-505-12001-5
Band 21	Bibi verliebt sich	ISBN 978-3-505-12057-2
Band 22	Der Brieffreund	ISBN 978-3-505-12083-1
Band 23	Das Schmusekätzchen	ISBN 978-3-505-12131-9
Band 24	Mami in Not	ISBN 978-3-505-12165-4
Band 25	Hexspruch mit Folgen	ISBN 978-3-505-12244-6
Band 26	Die Klassenreise	ISBN 978-3-505-12269-9
Band 27	Das Hexenhoroskop	ISBN 978-3-505-12317-7
Band 28	Die Hundebabys	ISBN 978-3-505-12340-5
Band 29	Die vertauschte Hexenkugel	ISBN 978-3-505-12435-8
Band 30	Die Junghexenbande	ISBN 978-3-505-12458-7
Band 31	Maritas Geheimnis	ISBN 978-3-505-12567-6
Band 32	Bibi braucht Hilfe	ISBN 978-3-505-12629-1

www.schneiderbuch.de

EGMONT Verlagsgesellschaften

Schneider Buch